ESSAI

SUR

LAMARTINE

ET

SUR LA STATISTIQUE MORALE, INDUSTRIELLE, LITTÉRAIRE
ET POLITIQUE DE LA FRANCE EN 1836,

Par M. de L....

Est modus in rebus, sunt certi deniquè fines
Quos ultra citraque nequit consistere rectum.

HORACE, Sat. 1re.

Poitiers,

DE L'IMPRIMERIE DE F.-A. SAURIN.

1836.

Division du Poëme.

ESSAI

SUR

LAMARTINE.

CHAPITRE PREMIER.

INTRODUCTION EXPOSITIVE DES PRINCIPES ET DU PLAN DE L'AUTEUR.

IMPERCEPTIBLE point dans le vaste horizon,
Qui semble l'investir d'une immense prison,
L'homme, en croyant atteindre aux limites du monde,
Poursuivrait vainement son éternelle ronde.
Le monde immatériel est bien plus étendu ;
S'il veut le parcourir, il s'est plus tôt perdu.
Ce monde n'appartient qu'à cette intelligence
Par qui, dans l'univers, tout finit, tout commence ;
Enfin tout fut créé par ce maître absolu
Qui n'a rien dit, rien fait, que ce qu'il a voulu,
Et, sans dissimuler sa puissance suprême,
Transpire par ses faits et réside en lui-même.
Mais d'où vient mon audace en ce terrestre lieu ?
Mortel.... j'esquisserais... Dieu seul peut peindre Dieu.
   Si seul dans la nature étant doué d'une âme,
Et sans cesse embrasé de son ardente flamme,
L'homme par la pensée arrive à l'Éternel,
S'il veut s'en rapprocher, c'est qu'il est immortel.

Dieu ne m'a pas construit ainsi qu'une statue
Que son indifférence éloigne de sa vue ;
Fidèle à son image aussi bien qu'à sa loi,
Quand je veux vivre en lui, je sens qu'il vit en moi.
Comme de l'Océan la surface traîtresse
Dérobant ses écueils ne promet que richesse,
Ainsi du cœur humain le perfide moteur,
L'orgueil, ce vieux rebelle, est non moins séducteur ;
En croyant à son gré diriger le tonnerre,
Il fit jadis punir et le ciel et la terre.
Mais ce qui dut armer le céleste courroux,
Le verrions-nous bientôt renaître parmi nous ?
Un siècle qui confond l'esprit et la matière
Est plutôt un chaos qu'un siècle de lumière.
Impur à ton lever, impie à ton coucher,
Tes ténèbres, ingrat, ne pourront te cacher
Au cœur dont la tendresse est souvent offensée,
Moins par une action que par une pensée,
Et qui, pour impulser nos cœurs au repentir,
Accueille un pénitent aussi bien qu'un martyr.

Je rends sincère hommage aux dons de l'industrie,
Et, sans trop en parler, j'aime aussi ma patrie ;
Je n'ai pour la servir que les vœux de mon cœur ;
On s'apercevra bien d'où j'attends son bonheur.

S'il n'appartenait point à ma muse exaltée
De terrasser l'impie et foudroyer l'athée,
Dieu pour lancer sa foudre a marqué de son sceau
Le sublime Corneille, et Racine et Rousseau.
Sans vouloir engager de lutte téméraire,
J'essaîrai de combattre un schisme littéraire,
Qui paraît à mes yeux un funeste présent
D'autant plus dangereux qu'il est plus séduisant ;
Qu'un grand art vient se joindre aux dons de la nature
Dans les nouveaux Calvins de la littérature ;

Que, d'après tant d'éclat et de célébrité,
Leur nom peut faire époque et même autorité.

Mais si, méconnaissant la céleste doctrine,
Ils déniaient au Christ sa divine origine ;
Pour combattre et pour vaincre, un parricide effort,
Le plus faible chrétien deviendrait assez fort.

Quand prosterné devant la brillante peinture,
Qui flatte notre époque, exalte la nature,
Le sceptique superbe, au cœur irrésolu,
Dote le mouvement du pouvoir absolu,
Rêve de grands progrès toujours en perspective,
Et revêt son espoir de vapeur fugitive,
Je dis au vain docteur du progrès idéal :
Fais avancer le bien, rétrograder le mal,
Autrement un cœur droit craint la ruse et l'adresse,
Et ne sera point pris à l'amorce traîtresse :
Un philanthrope aussi peut être bon chrétien,
Mais le mieux trop souvent est l'ennemi du bien.
Vers la perfection si ton penchant t'entraîne,
Si le bonheur de l'homme a tant d'attraits pour toi,
Prends, pour mieux l'éclairer, le flambeau de la foi ;
Tu n'enseigneras point de doctrine incertaine :
Le savant rougirait de son impiété ;
Son cœur pour être impie a trop de vanité.

Mais il faut l'avouer, la froide indifférence
Que signala si bien l'homme sans concurrence,
Qui même en s'égarant est encor supérieur,
A démoralisé jusqu'au for intérieur.
Fruit de cette apathie, un coupable silence
Fait perdre au vrai talent sa plus grande influence.

CHAPITRE II.

PROGRÈS DES ARTS. — DÉCADENCE DE LA MORALE. — LE MINISTÈRE
DU 22 FÉVRIER. — JUILLET, L'EFFUSION DU SANG, LE TRIOMPHE
DE LA RÉVOLTE. — L'INAUGURATION DU CRIME. — L'ÉMANCIPATION
DU VICE. — LE MÉPRIS DE LA RELIGION. — L'AFFRANCHISSEMENT
DE TOUTE PUDEUR SUR LA SCÈNE, DANS LES LIVRES, LA PEINTURE
ET LA SOCIÉTÉ. — BANQUET. ORGIE.

Je suis loin de nier le progrès positif
Que notre siècle doit au génie inventif.
C'est, pour complaire aux vœux de l'industrie habile,
A qui des éléments sera le plus docile ;
L'homme les a rendus tributaires chacun :
Pour l'aider on les voit s'activer en commun.
S'il fallait leur trouver des traits de ressemblance,
Ne pourrait-on citer l'Angleterre et la France ?
Le feu toujours pour l'eau fut un objet hideux,
Sa fille la vapeur les rapproche tous deux :
Ainsi le sol français et la terre punique
Echangent les produits de leur foi politique.
On pourrait demander à ces vieux ennemis
S'ils se tiendront longtemps ce qu'ils se sont promis,
Comme aux fleuves fougueux, à la mer orageuse,
S'ils souffriront longtemps la vapeur ténébreuse,
Ou s'ils la proscriront comme le feu grégeois
Dont se servaient jadis Phéniciens, Albigeois,
Qui, ne pouvant guider ses flammes homicides,
Devenaient à la fois vainqueurs et suicides.
A moins que d'un prodige on ne soit le censeur,
Si le feu, de nos jours, et l'eau sont frère et sœur,

Il faudra convenir, d'après l'expérience,
Que l'homme a fait grandir la nautique science,
Qu'aidé de la vapeur, le grand Napoléon
Eût affranchi les mers du trident d'Albion.
D'un blocus incertain la menace hautaine
N'assouvit point jadis la vengeance romaine,
Qui sut bien accomplir, sans un vain embargo,
Cet oracle fatal *delenda Carthago*.
Exhumant or, charbon des cavernes profondes,
Pour unir et corrompre à la fois tous les mondes,
Le génie, exploitant le sol comme les eaux,
Lance navire et char, sans voile et sans chevaux;
Le patin effleurant une glace perfide,
L'hirondelle rasant une plaine liquide,
Devanceraient à peine un lourd fourgon grossier
Roulé par la vapeur sur des rubans d'acier;
La tempête déjà sur les flots désarmée
Se borne à déclarer la guerre à la fumée.
Par les effets brillants de son gaz charbonneux
La chimie a doublé l'empire lumineux,
Et prenant son essor, le fluide ignifère
Fait jaillir du quinquet, du lustre et réverbère
De si vives clartés que l'on n'en vit jamais
Frapper si bien, si vite un somptueux palais.
Par les dons de la terre et ses fécondes mines
Des ponts sont suspendus, des chemins, des usines
Ont atteint le degré d'une perfection
Qu'on ne peut contempler sans admiration.
Loin d'être utilisée et même découverte,
La matière sans l'art fût demeurée inerte.
Dans l'ordre matériel l'art fort loin est allé,
Mais dans l'ordre moral le siècle a reculé.
Si sous leur double empire on est puissant et libre,
Il faudra bien des deux pondérer l'équilibre.

Comparons maintenant sans partialité
Nos gloires, nos progrès, notre moralité.

   Dans la paix à tout prix, point de vertu guerrière.
Quel magistrat suprême illustre sa carrière ?
Citerai-je Vulcain, diplomate apostat,
Trahissant à la fois son devoir et l'État ?
Dois-je une apologie au fréquent suicide,
Au poison qui sans trace engendre l'homicide,
Au traître qui prospère, au pillage flagrant,
A l'émeute qui tue, au charbon dévorant ?
Ferai-je de d'Argout un second Démosthène,
Un Rollin de Pelet, de Maison un Turenne ?
Autant vaudrait chercher un Colbert dans Passy,
Dans Sauzet un Malzherbe, et dans Thiers un Sully.
Pardonne, Vérité, par ma muse indignée
La plus grande infamie est encore épargnée.
Juillet qui chaque jour déchoit de sa valeur,
Du bleu, du blanc, du rouge a gardé la couleur.
Le vert, en quatrième, obtiendrait-il sa place
Depuis qu'un lis flétri vient de rentrer en grâce ?
Le blanc c'est loyauté, le ciel est d'un beau bleu,
Le rouge c'est la flamme et le sang de Saint-Leu.

     Quelque mensonge qu'on forge,
     Je vois le cordon fatal.
     Croit-on qu'un Condé s'égorge
     En fondant un hôpital ?

Lorque des trois couleurs chacune a son emblème,
Le rouge est effrayant, il se trahit lui-même.
Dans un temps orageux que de meurtres commis !
On pille, l'on égorge, on se croit tout permis ;
Mais au calme, on revoit sous la grêle fondue
Une trace de sang que l'on croyait perdue.

   Ce qu'est la Marseillaise aux révolutions,
Sont aux périls des mers les cris des alcyons.

Après eux l'on entend le canon de détresse ,
La voile est repliée et le grand mât s'abaisse ;
Tel de l'airain tremblant l'horrible tintement
Et des bruyants tambours l'éternel roulement .
Annoncent qu'on se bat sur la Seine et le Rhône ,
Et qu'un Bourbon bientôt descendra de son trône :
Ainsi que les signaux , les drapeaux sont changés ,
Les méchants glorieux , les bons découragés ,
Et pour mésallier l'étendard de la France ,
On associe au blanc la couleur de vengeance !
L'homme est souvent pour l'homme un féroce animal ,
Des êtres sans raison se font bien moins de mal.
Sous un ciel nébuleux, pendant la nuit profonde ,
Le tigre et le lion dans leur sanglante ronde ,
L'hiène dont la rage est l'état naturel ,
Affamés de carnage ont le cœur moins cruel
Que l'avare guettant, à l'ombre de ses crimes ,
De son vieux bienfaiteur les dépouilles opimes.
Quand l'ingrat a subi le plus grave soupçon
Qui puisse le flétrir, qu'il soit coupable ou non ,
A la justice humaine il est inaccessible ,
Le remords seul l'atteint, s'il en est susceptible.
La justice et l'honneur doivent-ils rehausser
Cet empire des lis qu'on veut recommencer ?
La meilleure leçon est celle de l'exemple :
Tant qu'on ne verra pas prosternés dans le temple
Les fronts humiliés des potentats du jour ,
Que le respect humain ou les mœurs de la cour
Refuseront au ciel ce tribut légitime
Qui prouve que le cœur veut être exempt de crime ;
Quand reléguée ailleurs ou proscrite en haut lieu ,
Cet acte qui le plus rattache l'homme à Dieu ,
La prière publique ou l'oraison mentale
Qui donne au roi lui-même une force vitale ,
N'oseront se montrer même au jour solennel
Où saint Louis venait adorer l'Éternel ;

Que le chef d'un grand peuple, en s'en disant le maître,
A sa religion paraissant se soumettre,
Verra laisser languir ses ministres de faim
Plutôt que de leur tendre une chrétienne main ;
Quand un prélat qui veille au culte catholique
Implore tous les mois la charité publique,
Et par l'indifférent plus que par l'oppresseur
Craint que l'épiscopat n'ait point de successeur ;
Lorsque les saints devoirs ont occupé sans cesse
Ces pasteurs accablés du poids de leur vieillesse ;
Que, plus pauvres que ceux qu'ils voudraient secourir,
Ils n'ont point un asile où prier et mourir ;
Qu'on relève plutôt du vice les repaires
Que les dépôts sacrés des cendres de nos pères ;
Qu'on refuse, en soldant bien cher le déshonneur,
L'aumône du budget aux maisons du Seigneur ;
Craignez-vous donc, dirai-je aux porteurs de couronnes,
De paraître après Dieu les premières personnes ?
Le peuple ne respecte et n'estime son roi
Que quand son cœur protége et partage sa foi.
Quand un vil intérêt, la ruse et la jactance
Tiennent lieu de vertus, remplacent la croyance ;
Qu'on n'est jamais plus près de trahir son prochain,
Qu'à l'instant qu'on lui prête une flatteuse main ;
Qu'on couvre du manteau de la loi naturelle
Des sales passions l'ardeur si criminelle,
Et, pour peindre en un mot les petits et les grands,
Que la lèpre du vice infecte tous les rangs,
Irai-je, adulateur d'une crise fatale,
Avec l'iniquité confondre la morale ;
Quand le génie ailleurs est poussé par l'enfer,
Trouver de la vertu dans un chemin de fer ?
La licence des arts déprave les pensées ;
Au-dessus des talents les vertus sont placées.
Dans un tableau de mœurs, l'impudeur du dessin
Ne justifîrait pas l'art même du Poussin.

Un grand peintre lascif, qui craint fort peu de nuire,
Charme pour mieux corrompre et plaît pour mieux séduire :
C'est peu qu'un écrivain soit fécond, sémillant ;
S'il est vrai, s'il est pur, il est assez brillant.
Ainsi la poésie autant que la peinture,
En nous l'offrant trop nue, outragent la nature :
Il faut, lorsque l'on veut peindre un attrait vainqueur,
Laisser à deviner plutôt aux yeux qu'au cœur.
La pudeur des aspects et celle des paroles
Pour restaurer les mœurs veulent d'autres écoles ;
On ne peut qu'admirer la plume et les pinceaux
Qui nous offrent encor de modestes tableaux.

. . . . :

. . . .

Le sol à peine était sur son axe affermi,
Près du berceau du monde un vieillard endormi,
Éprouvant du repos la douceur innocente,
Avait de l'impudeur l'attitude indécente ;
Naguère ses parents, dans leur virginité,
Ne s'apercevaient pas de cette nudité.
Un fils respectueux couvrant sa négligence
Sans qu'il ait dû jamais soupçonner sa présence,
Arrêta le scandale, et, sans le réveiller,
Ne l'abandonnait plus s'il voulait sommeiller.
Les soins si délicats de ce cœur pur et tendre
Sans que son père pût ni le voir ni l'entendre,
Prouvent que l'on joignait au temps patriarchal
L'amour de la pudeur à l'amour filial.
On sait à quelle orgie, à quelle irrévérence,
Le sénat de Grandveau donna la préférence.
Mais laissons sous la table, où Bacchus l'a jeté,
Un tableau de crapule et de lubricité.
Quand de vils histrions figurent sur la scène,
L'intrigue est toujours basse et le théâtre obscène.

CHAPITRE III.

MORT DU JUSTE POUR LA RÉHABILITATION DE L'HOMME.

Assez et trop longtemps je me suis écarté
Du plus grave sujet qui puisse être traité.
Qui plus que Lamartine a le droit de l'entendre,
Et qui mieux que sa voix doit le faire comprendre?
Le corps naît, souffre et meurt; mais fût-il embaumé,
Ce n'est qu'un vil limon dès qu'il est inhumé.
L'âme ne peut souffrir ni tombeau ni suaire,
On ne l'attache point sous le drap mortuaire.
Quand l'homme eut envié les dons de l'Eternel,
Il paya de sa vie un orgueil criminel.
Sur l'aile des vertus au ciel pouvant atteindre,
D'avoir perdu la terre est-il donc tant à plaindre?
Près de son Créateur son trône transporté
Lui rend plus chère encor son immortalité.
Ainsi, quand par la mort le Seigneur nous châtie,
Sa tendresse pour nous ne s'est pas démentie.
Tout passe dans ce monde, avec ou sans éclat:
Jeunesse, ni ta fleur ni ton vif incarnat
Ne pourront garantir ta beauté passagère;
La Divinité seule, à la mort étrangère,
A permis cependant que ce triste tribut,
Acquitté par son fils, opérât ton salut.
Pour tout le genre humain l'Homme-Dieu qui succombe
Daigne se revêtir de nos infirmités
Et se charger du poids de nos iniquités;
Mais son corps immolé triomphe de la tombe.
Près du sépulcre ouvert, où quelques jours avant
Il acceptait la mort pour nous rendre la vie,

L'âme chrétienne émue, accablée et ravie,
Sur le tombeau du Christ adore un Dieu vivant.
Le Verbe s'est fait chair, et Dieu sous cet emblème
Par sa propre vertu ressuscite lui-même.
De sa divinité le principe éternel
Se confond dans le sein de l'amour paternel.
Quand son disciple voit la trace de l'épine
Qui cicatrise encor le front du Rédempteur,
Il lègue au monde entier l'esprit consolateur,
Digne émanation de sa bonté divine.
D'amour, d'esprit, de gloire attribut précieux,
Trinité, l'on ne peut t'apprécier qu'aux cieux.
    Alphonse, il t'appartient en chantant ce mystère
D'offrir à l'Homme-Dieu les respects de la terre.
Tu dois au feu divin qui produit tes accents
Ta plus belle harmonie et ton plus pur encens.
Propager l'Evangile et la foi monarchique
Est une œuvre à la fois sainte et patriotique.
Qu'il est doux, qu'il est beau de se rendre immortel
En défendant les droits du trône et de l'autel !
Les saints lieux n'auront pas attiré Lamartine
Pour le voir déserter le Christ en Palestine.
Lorsque ton cœur devait ranimer Israël
Et maudire avec nous Achab et Jézabel,
Aurais-tu sans regret, dans sa longue souffrance,
Du moderne Joas refroidi l'espérance ?
Ta muse, il m'en souvient, lui donna le conseil
D'un peuple malheureux d'attendre le réveil.
Mais lorsque son aïeul sauva sa capitale
En venant étouffer la Discorde fatale ;
Quand la main de la mère égorgeait ses enfants,
Dans son sein en plongeait les lambeaux palpitants,
Pour comprimer l'horreur de tant de frénésie
Abjura-t-il trop tôt sa funeste hérésie ?

CHAPITRE IV.

Le monde politique et le monde moral
Ont chacun leur tartufe et leur faux libéral.
L'imagination est seule romantique ,
La vertu positive et la raison classique.
Serais-je le jouet d'un orgueil merveilleux
Qui jette à pleines mains la poudre d'or aux yeux ?
Comme la piété n'est pas le fanatisme ,
Ainsi la vérité n'est pas le romantisme.
Son nom le qualifie , et ce faux diamant
Doit parer le mensonge; enfin , c'est un roman.
Qu'un autre Fénélon, au souvenir d'Ithaque ,
Offre un nouveau Mentor , un second Télémaque,
On lui pardonnera l'aimable fiction
Qui préserve un héros de la séduction ;
Sa verve allégorique et son brillant langage
Ne s'éloignent jamais des principes du sage.
   Le superbe a marché sans guide et sans flambeau ;
Moins il fut naturel et plus il se crut beau.
Plus humble, il révérait le culte de ses pères ;
Son génie était vaste et ses talents prospères.
Son cœur dédaigne-t-il l'évangélique loi ,
Sa raison l'abandonne aussitôt que sa foi.
Son style si pompeux n'est plus que de l'enflure ,
D'un fragile vernis emphatique parure :

C'est la trombe formée à l'horizon brumeux ,
Qui vient grossir les flots du torrent écumeux ;
Un grand faste nourri de dépense inutile ,
Une sève à la fois abondante et stérile ;
Et , pour suivre toujours une comparaison
Prise dans la nature avec juste raison ,
C'est de l'orgueil du paon la morgue qui s'étale,
Le gourmand sans pistil , le bouton sans pétale.
S'il tombe de la nue au coin du carrefour ,
S'il joue à Frascati , s'il dîne chez Véfour ,
Faudra-t-il pour ces traits , si peu dignes d'extase,
Que je sois le vassal du seigneur de l'emphase ?
Sur l'échasse au pied grêle éminemment placé ,
S'il domine l'esprit du vulgaire insensé ,
D'un charlatan public je crains moins la harangue ;
L'un ne s'en prend qu'aux dents , l'autre en veut à la langue.
Ennuyé d'écouter un mensonge grossier
Qui fait pleurer le peuple et rire le caissier,
Je crois, de Jocelyn en parcourant l'ouvrage ,
Echapper au conflit du spectre et de l'orage ,
Quand je suis assailli par un genre nouveau
Qui paraîtrait le fruit d'un transport au cerveau ;
Enfantement de fleurs péniblement écloses ,
Qui prétend nous donner des soucis pour des roses.
Là , c'est l'ambition de sonores accents
Qui présente à l'esprit plus de mots que de sens.
Ici , de sa croyance une vaine parade
Semblerait se gourmer dans sa longue tirade.
Je ne puis applaudir à ce faux dévoûment
Qui fait contre ses vœux un prêtre d'un amant ;
Il admire souvent beaucoup plus qu'il ne blâme
La licence du cœur , la révolte de l'âme.
Naguère si profane et si peu préparé ,
Le tendre Jocelyn reçoit l'ordre sacré.

L'égoïsme pieux d'un prélat vénérable
N'offre plus au lecteur qu'une mystique fable ;
Ses tortures sans nombre et sa prochaine mort
Lui frayaient un chemin au salutaire port...
Quoique la France fût veuve de ses lévites ,
Le suprême pasteur, sauvé par ses mérites ,
Avait-il tant besoin d'une absolution
Que Dieu même devait à sa contrition ?
Je ne suis point séduit par ce grand moraliste ,
Bon croyant à peu près comme il est royaliste.

   Loin du vallon sacré l'on vit un beau matin
Un prince du Parnasse obéir au scrutin ,
Contre un frac endossé par la race félonne ,
Echanger d'Apollon la pourpre et la couronne ;
Et, Lycurgue bouffi d'impartialité ,
Devenir trivial à force de bonté.
Souvent juste-milieu, parfois légitimiste ;
Et se battant les flancs pour être nihiliste ;
Servile , indépendant, humble et fier tour à tour ,
Pour les Bourbons aînés sans haine et sans amour ,
Il semble des hauteurs de la double colline ,
En daignant s'écrier : « Je suis moi, Lamartine, »
Dire à tous les partis : « Tombez à mes genoux ,
Je n'en adopte aucun, mais j'ai pitié de tous.
Si je me travestis en planète commune ,
C'est afin de guider la France à la tribune ;
Je ne puis lui prêter mes rayons qu'un instant,
Je revole au Parnasse où mon trône m'attend. »
Avec moins de dédain, l'astre qui nous éclaire ,
S'il parlait, traiterait le monde sublunaire.
Laissons l'illusion près de la vanité ,
N'empruntons nos tableaux que de la vérité.
Sa muse ne prend point sa généalogie
Dans les vieux parchemins de la mythologie ;

Elle n'affiche pas de consanguinité
Avec tous les faux dieux nés dans l'antiquité.
Les chants de l'Iliade et ceux de l'Énéide
Ne l'entraînèrent pas vers ce penchant perfide
Qui fait que pour des dieux qui n'ont aucun pouvoir
On outrage les mœurs, on trahit son devoir;
Mais il ne nous dit pas : Sous l'empire des fables,
Ces auteurs, ces héros innocemment coupables,
Aveugles nés aux temps des dépravations,
Divinisaient le vice au gré des passions.
Mais si leur âme ardente aux vertus appelée
Avait goûté les fruits de la loi révélée,
Moins ingrate que nous, s'élevant jusqu'aux cieux,
Elle eût abandonné le culte des faux dieux.

La puissance adorée et pourtant inconnue
Qui du Sauveur du monde annonçait la venue,
Prouve dans les païens inclinés humblement
Que leur respect fut plus qu'un vain pressentiment;
Que déjà par sa grâce et ses pieux oracles
Le pouvoir du Messie opérait des miracles,
Quand la raison d'abord renversait les autels
Du père prétendu des dieux et des mortels;
Que tour à tour Junon et Vénus détrônées,
Dans leur temple désert étaient abandonnées,
Sans que l'orgueil de l'une et les attraits de l'autre
Pussent leur conserver un seul fidèle apôtre.
Sur la terre tel fut le prélude certain,
Qui parut devançant la foi du genre humain;
Car le règne du Christ qui devait apparaître,
A des signes divins bientôt se fit connaître,
Et sous l'auspice heureux de sa divinité,
S'établit parmi nous l'auguste vérité.
Racheté par le fils et créé par le père,
L'homme doit à tous deux une existence chère;

2

Puisqu'il peut partager pendant l'éternité
L'héritage de l'un qu'il avait irrité,
Que l'autre par son sang l'a réhabilité:
Mystère d'un amour qu'il éprouve sans cesse,
Que ne peut concevoir sa trop faible tendresse.

Lamartine devait, au lieu de fictions,
Retrouver tous ces faits dans ses émotions;
Ses lèvres, savourant la coupe libérale,
Laissent au fond du vase une lie immorale;
Sa fibre délicate et son cœur élevé
Nous promettent toujours un talent achevé.
Voulant se mesurer sur cette haute échelle,
Les indignes rivaux d'un dangereux modèle,
Qui se seraient noyés au passage du Rhin,
Ont affronté les lois du chantre du Lutrin.
Peut-être espèrent-ils n'atteindre le sublime
Qu'en troublant l'hémistiche et déplaçant la rime.
Si le néologisme et les amphigouris
Demeuraient confinés dans les murs de Paris;
Si le luxe des *que* ne mettait hors d'haleine
Jusqu'au royal poumon, quand le sire est en veine;
Si, comme du budget les tristes gonflements,
L'ampoulé n'atteignait jusqu'aux départements,
On pourrait espérer que cette épidémie
S'arrêterait au drame ou dans l'Académie.
La licence des mots et du style fardé
Atteste des bons vers le dépôt mal gardé.
Vertu comme raison se trouvant éclipsée,
Le désordre est partout comme dans la pensée.
La rime et le bon goût, autrefois si soignés,
Regrettent le concours de frères éloignés.
Le vers, riche de sens, d'image et de mérite,
Se rapprochait gaîment d'un aimable acolyte.
L'innocence pouvait et tout lire et tout voir,
Quand l'image était pure autant que le miroir.

Maintenant, en croyant fonder brillante chose,
La langue n'aura plus bientôt ni vers ni prose ;
Et du drame bâtard l'auteur et le héros,
Emigré de l'enfer ou vomi du chaos,
Sous le nom de Dumas, de Robert, du Vampire,
De Satan et Broussais envahissent l'empire,
Sans que l'amour du vrai, ce goût si bienséant,
Songe à le replonger dans la nuit du néant,
En détournant les yeux d'un monstrueux fantôme
Semblable à l'être vil qui n'est femme ni homme.
Si l'on préfère au Cid les écarts d'Hernani,
C'est qu'avec le bon sens le bon goût est banni.
On croirait se traîner dans une vieille ornière
En imitant Boileau, Théophraste et Molière.
Le rachitique nain met en comparaison
Avec son frêle corps les forces de Samson.
Sans prendre à la voirie une mâchoire d'âne,
Samson l'eût pu trouver dans nos Aristophane,
Ou d'un palais honteux de son mauvais destin
Faire fondre les murs sur le vieux Philistin.
Muse, à quoi penses-tu ? sois charitable et bonne,
Ne souhaite la mort ni de mal à personne.
Confronter froidement avec Victor Hugo,
Dont l'orgueil vise en vain au fameux... *Quos ego*,
Jean-Baptiste Rousseau, de sublime mémoire,
Avec Thiers, Bossuet, cet aigle de l'histoire,
N'est-ce pas comparer, les yeux sous le boisseau,
La majesté d'un fleuve au plus humble ruisseau ?
Si Voltaire surtout mérite qu'on l'admire,
C'est quand il fait parler Nérestan et Zaïre ;
Parce qu'autant qu'il peut il élève sa voix
Au-dessus des accents des princes et des rois ;
Que saisi de respect à l'ombre du Calvaire,
Il tremble comme l'ange admis au sanctuaire.

Le romantisme est né de l'exaltation.
Ce funeste progrès de la déception,
Ce gaz éblouissant de lueur phosphorique,
Exerce sur le faible un pouvoir d'empirique ;
C'est l'audace d'Icare, ou du globe aérien
Qui se remplit de vent et n'a d'appui sur rien,
Et qui souvent, pour clore une vaine croisière,
S'abîme dans les flots, s'abat dans la poussière.
Tel, abusant du nom et des travaux d'Herschel,
Donnant ses visions pour un monde réel,
Offrant des nouveautés à nulle autre pareilles,
L'illuminé, ravi de ses propres merveilles,
Exploite pour sa gloire et surtout son profit
La lune qu'il explore et le monde qu'il fit.
On admire des arts la puissance inouïe ;
Ils protégent la vue, ils soulagent l'ouïe :
L'acoustique nous prête un secours précieux,
Un simple verre étend le domaine des yeux ;
Avec cet osculteur, salutaire machine,
On palpe un cœur malade, on lit dans la poitrine.
Aidés de la nature et par l'art raffinés,
Nos sens et notre esprit sont perfectionnés.
Ainsi qu'à l'Océan une borne est prescrite,
L'Éternel du génie a fixé la limite.
Pour ne point offenser un mortel comme soi,
Si l'homme croit à l'homme, obéit à sa loi,
Quand le Christ a parlé dans sa divine école,
Qui pourrait hésiter de croire à sa parole ?
La foi, ce don du Ciel, ce bonheur sans tourment,
Du fidèle chrétien épreuve et sentiment ;
La foi du malheureux console la souffrance,
Remplit le cœur d'amour, l'avenir d'espérance.
Mais celui qui voudrait tout comprendre et tout voir,
Ne sachant où commence et finit son pouvoir,

Exigeant, pour complaire à sa foi sans mérite,
Qu'un boiteux marche droit, que le mort ressuscite,
Quand ce double prodige autrefois constaté
Ne suffit point encore à l'incrédulité ;
Qui sans cesse oublîrait que dans sa destinée
Ainsi que ses beaux jours sa science est bornée,
Qu'il ne peut faire un pas sans courir un danger,
Que rien contre la mort ne peut le protéger ;
Au lieu de conquérir une gloire infinie
Dissiperait en vain les trésors du génie.
Si Racine et Pascal avaient jadis vendu
Leurs vers au plus offrant, leur prose à fonds perdu,
Et si vénalisant jusqu'à leur renommée
Ils eussent trafiqué de leur gloire affamée,
Je dirais, en croyant être fort indulgent :
Leur grande passion fut l'amour de l'argent.
Virgile, Homère ont-ils, comme les Danaïdes
Aux tonneaux défoncés aussitôt pleins que vides,
Autrefois rançonné le grec et le romain
Pour être riche un jour, ruiné le lendemain ?
Je ne flétrirai point de ce soupçon injuste
L'aveugle si sublime et le chantre d'Auguste.
C'est parce qu'un grand prince est vraiment un trésor
Que son règne reçoit le nom de siècle d'or.
C'est toujours sous les lois des plus glorieux maîtres
Qu'on voit fleurir les arts, les vertus et les lettres.
L'épopée a gardé les exploits en dépôts ;
Les parfums du génie embaument le héros.
Avec ses coffres pleins Crésus est mort sans lustre,
Pygmalion jamais n'a passé pour illustre.
Dieu qui même ici bas veut rendre l'homme heureux
Offre à la terre avare un soleil généreux.
Corneille, Massillon et l'auteur satirique
N'ont point mis à l'encan leur qualité classique.

Sur la foi d'un beau nom que d'avides traitants
Escomptent le génie à beaux deniers comptants !
Mais du faux et du vrai le dangereux mélange
Fait souscrire au public maintes lettres de change ;
Quand d'un luxe effréné les besoins renaissants
Ont bientôt dévoré ces gages impuissants,
Il faudra publier comme une bonne affaire
Pour un legs viager une œuvre encore à faire.
Pour être magnifique est-on bien excellent ?
Le plus grand des défauts est l'abus du talent,
Et l'esprit supérieur est d'autant plus coupable
Qu'il est plus attrayant, plus souple et plus aimable.
Qui marche à la lueur de sa fausse clarté
Dans l'abîme profond sera précipité :
L'écrivain sans principe est un vain météore
Qui brillant dans la nuit la rend plus sombre encore.
Qu'importe qu'au travers de son bloc de cristal
L'astronome ait cru voir un principe vital
Dans l'astre de la nuit ; que le visionnaire
Expose à l'œil crédule un monde imaginaire ;
Qu'il rassemble à son gré pour les premiers venus
Des montagnes en l'air, des êtres inconnus ;
Qu'un règne végétal plein de magnificences
Décore ses bosquets et ses vallons immenses ;
Que des palais, enfants de son faible cerveau,
Ici pointent du sol, là surgissent de l'eau ;
Que des groupes cornus bondissent dans la plaine,
Les uns couverts de poils, et les autres de laine ?
C'est le rêve innocent d'un beau panorama
Que l'optique du cœur, l'amour-propre forma.
Mais si poussant plus loin l'orgueil des découvertes,
Non content de peupler des régions désertes,
Il créait de son chef un culte et des autels
Pour distraire ici bas l'hommage des mortels ;

Si torturant le sens de la sainte Ecriture
Il voyait l'homme seul dans toute la nature,
Interdisait à Dieu pouvoir et volonté
D'animer à son gré l'univers habité,
Je dirais : L'art ajoute un crime à la folie
Lorsqu'à l'impiété son instrument s'allie.
Tel un génie ardent, au vol audacieux,
S'élançant pour frapper à la voûte des cieux,
S'est perdu dans le vide, et sa muse exaltée
Devint, envers le Christ, froide, infidèle, athée.
Tu dois te reconnaître à cet égarement
Que ta raison expie et que ton cœur dément.
Pour le monde chrétien ne sois plus un problème,
Notre religion n'est pas un vain système ;
Fais à ta théorie un éternel adieu,
C'est au pied de la croix qu'on parle bien de Dieu.
Le faux inspire mal la pensée et la rime,
Ce n'est que dans le vrai qu'un poëte est sublime.
La jeunesse t'écoute : un mérite parfait
Ne peut être un poison, qu'il soit donc un bienfait.
Ah ! laisse aux novateurs leur aveugle délire
Et ne profane pas ton génie et ta lyre :
Car David t'a légué son luth harmonieux
Pour consoler la terre et réjouir les cieux.

.   .   .   .
.   .   .   .

CHAPITRE V.

CHATEAUBRIAND AU CONVOI DE CARREL.

1ᵉʳ Épisode.

Des martyrs de la foi restes si précieux ,
Qui soulagez la terre avant d'aller aux cieux ;
Au sein de vos tombeaux , cendre miraculeuse ,
Vous attirez sans cesse une foule pieuse ;
De vos corps mutilés , de vos chefs abattus ,
S'exhale après mille ans le parfum des vertus :
Monuments qui devez conserver d'âge en âge
De la religion et le fruit et le gage ,
C'est sans doute vers vous que le zèle conduit
Un des plus beaux talents que la France ait produit.
C'est ce génie ardent pour le christianisme
Qui foudroya l'erreur dans son beau catéchisme ,
Et , puisant dans son cœur l'amour du vrai chrétien ,
Comme le janséniste instruisit le païen ;
Il marche recueilli , mais sa charité vive
Semble s'abandonner à son âme expansive.
S'acheminerait-il au tombeau de nos rois ,
Ou va-t-il s'inspirer à l'ombre de la croix ,
Ou , dans le monde entier pour s'apprêter à vivre ,
Du sublime Bossuet continuer le livre ?
Va-t-il s'agenouiller dans nos sacrés parvis
Pour rappeler des jours , hélas ! sitôt ravis !
Le pugilat des rois , l'alcide royaliste ,
Du malheureux Berry le grand panégyriste ,
Vient suivre tristement les planches de *Carrel.*
Pense-t-il comme lui cesser d'être immortel ,

Ou pouvoir effacer par son illustre trace
De l'athée expirant la parricide audace?
Bientôt il maudira l'homicide dessein
Qui fait d'un duelliste un brutal assassin,
Et, flétrissant les coups de tant de mains perfides,
Confondra les bourreaux avec les suicides.
Oui sans doute, il se rend dans un funèbre lieu
Pour réhabiliter la justice de Dieu,
Car ses droits sont lésés par l'un et l'autre crime;
S'il ne peut arracher de l'infernal abîme
Les cœurs de tant d'ingrats que le respect humain
Y plonge chaque jour de sa barbare main,
Il saisira l'effet de ce fléau funeste,
Pour la société la plus horrible peste,
Car sa contagion prend son intensité
Aux miasmes infects de l'incrédulité.
Il va toucher du doigt la plaie encor saignante
Par où s'est échappée une âme mécréante.
De tant de cœurs lancés dans ce honteux sentier
Puisse-t-il obtenir que ce soit le dernier!
Je crois entendre encor cette voix formidable
Confier aux échos l'arrêt épouvantable
Comme l'assassinat punissant le duel,
Et les cris douloureux du réprouvé Carrel:
« Mortel, garde-toi bien d'une sanglante joute,
Ou ta témérité saura ce qu'il en coûte. »
Je fus longtemps saisi du prophétique accent
Qui dut troubler mon âme et glacer tout mon sang.
J'attendis vainement après un long silence
Que l'auteur des Martyrs confirmât la sentence.
Serait-il donc venu, sans pouvoir s'exprimer,
Pour honorer le crime au lieu de le blâmer?
Voir Carrel dans sa fosse à la fleur de son âge,
Comme un vil animal mort d'un accès de rage;
Flagorner un cadavre indigne de soucis,
Entre l'athée et Dieu se montrer indécis?

Il fit plus : au duel rendant public hommage,
C'est contre Dieu qu'il vint porter son témoignage.
Mais de cet intérêt si tardif et si grand
Quel est donc le mobile et surtout le garant ?
A la mort si Carrel était athée, impie,
S'il méprisait son âme, et son corps et sa vie,
A qui vient s'adresser un tribut éclatant ?
Est-ce à la république, ou serait-ce au néant ?
A son lit de douleur, une ardente prière
Devait tout à son âme, et rien à sa poussière.
C'est ainsi qu'entouré d'un cercle populeux,
Se croyant exemplaire on n'est que scandaleux.
Voudrait-il pallier un insensé vertige
Qui met dans un champ clos l'existence en litige ?
Croit-il que l'homme peut par un abus affreux
Disposer à son gré du dépôt de la vie,
Lorsque son créateur à sa foi le confie,
Exigeant qu'il en rende un compte rigoureux ?
De quel droit se tait-il ? à quoi sert l'éloquence
Qui n'ose pas flétrir l'amour de la vengeance ?
Quand il voit au Sauveur penché vers le tombeau
Pour couronne une épine et pour sceptre un roseau,
Que supportant son corps que des flèches traversent,
Ses mains n'ont pour appui que des clous qui les percent ;
Qu'à sa face sacrée et sur son divin front
Le mépris vient vomir le plus sanglant affront,
Sans que sa patience un instant altérée
Trahisse la douleur dont son âme est navrée :
Du Christ à ses bourreaux le généreux pardon
Ne pouvait-il servir d'exemple et de leçon ?
Pourtant ce sol béni choisi pour sépulture
Semblait désavouer l'horreur d'un grand parjure.
Lorsque Châteaubriand tait jusqu'au nom du Christ,
Son texte sous ses yeux n'était-il pas écrit ?
Sur la cendre du pauvre il a dû voir cet arbre
Plus éloquent, plus vrai que le faste du marbre ;

Quand la mort sur les rois promène son niveau,
Ne se rit-elle pas de l'orgueil d'un caveau ?
Qu'importe en son tombeau quand l'homme va descendre,
Qu'il soit d'un sang royal, si son corps n'est que cendre ?
Le trône est ici-bas fragile et matériel ;
Il n'en est pas ainsi des couronnes du ciel.
Aurait-il espéré sur la pierre funèbre
Par une ovation devenir plus célèbre,
Et lorsqu'on enterrait un franc républicain
Partager son triomphe une charte à la main ?
Mais de trop de partis briguer la bienveillance
C'est exciter de tous la juste défiance ;
C'est sans conviction, par trop d'avidité,
Préférer l'ombre vaine à la réalité ;
C'est en voulant courir après la renommée
S'étouffer dans les flots d'une épaisse fumée,
Par un contact impur de principe immoral
S'asphyxier le cœur au foyer libéral.
Escorter un convoi sans culte et sans prière,
C'est dédaigner du Christ la divine bannière ;
A la face du ciel justement indigné
Oser flatter l'enfer et louer un damné ;
Aux mânes d'un Brutus offrir un diadème
Dans l'espoir qu'on sera le couronné soi-même.
Qu'on soit pour son semblable un généreux soutien ;
Mais s'il est mort athée, on ne lui doit plus rien.
Je ne peux m'expliquer cette vaine assistance
Qui dans l'impiété laisserait l'espérance.
Aurait-il donc changé, ce cœur jadis parfait ?
Non, c'est la vanité qui s'érige en bienfait,
Et la célébrité, populaire manie,
Qui dans sa fausse route entraîna le génie.

. . . .
. . . .

CHAPITRE VI.

2e Épisode.

Nobles contemporains, dont la saine doctrine
Doit honorer le cœur, relever l'origine,
Je voudrais bien pouvoir sans partialité
Peser votre mérite et votre vanité ;
Savoir si, successeurs des Bayards, des Turennes,
Leur sang circule encore à grand flots dans vos veines.
Vous les affamés d'or, plus avides d'encens,
Qui faites à nos cœurs de funestes présents,
Mais qui laissez rouiller l'héréditaire épée
Du sang des Sarrasins par vos pères trempée,
Prouvez-nous aujourd'hui, trop fameux écrivains,
De vos titres si fiers, de vos aïeux si vains,
Qui ne nous produisez qu'une plume hardie,
Si votre race est pure ou bien abâtardie.
Apprenez-nous vous-même, illustres voyageurs,
Si le Christ aujourd'hui peut compter sur vos cœurs.
Aviez-vous le dessein, dans votre itinéraire,
D'humilier vos fronts à l'ombre du calvaire ?
Avez-vous exploré de précieux terrains
En géographes froids ou comme pèlerins ?
Suivant du Rédempteur les souffrances si vives,
Vous a-t-on vus pleurer au Jardin des Olives ?
Est-ce pour réveiller l'âme du genre humain
Que la foi vous a mis le crayon à la main ?

Avez-vous dignement, en grands peintres d'histoire,
De sublimes travaux doté notre mémoire,
Et surtout, en parlant du sauveur d'Israël,
Mieux tracé que Rubens, mieux peint que Raphaël ?
Enfin vos beaux portraits dans leurs plus beaux endroits
Valent-ils tous ensemble un tableau de la croix ?
Pouvez-vous comparer votre littérature
Aux chefs-d'œuvre vivants de l'antique peinture,
Rapprocher sans scrupule un divin coloris
De ces traits si glacés de vos amphigouris,
Rabaisser au niveau de la coquette idylle
Les effets du Titien, les grâces de son style ?
    Sans la conviction qui rend le zèle ardent,
L'enthousiasme n'est qu'un mensonge impudent.
Cette conviction n'est jamais un délire ;
Il faut s'en rendre digne, alors Dieu nous l'inspire.
Ce n'est point la Sibylle au sourcil hérissé,
Mesurant l'avenir au compas du passé,
Ni d'un magnétiseur l'aveugle facétie
Promettant au sommeil un don de prophétie,
Ni l'orguéil charlatan au sublime tréteau,
Moins avide d'honneur que d'or et de château.
Elle relève encor l'éclat d'une couronne,
Ce n'est que la vertu qui l'obtient et la donne ;
C'est le jour de la grâce, un fruit de vérité,
Un céleste avant-goût de la félicité.
Quoique chacun de vous puisse être un bon apôtre,
Votre évangile humain ne peut être le nôtre ;
Vos oracles encor ne sont pas revêtus
D'assez grand témoignage et d'assez de vertus,
Pour croire sans garant à vos belles paroles ;
Nous croyons au vrai seul et non aux hyperboles.
Mais vous auriez bien pu, sans sortir de Paris,
Sans fatiguer vos corps autant que vos esprits,

Prenant pour le Jourdain le fleuve de la Seine,
Raccourcir le voyage, abréger votre peine ;
Sur les mille trottoirs lancés dès le matin,
Visiter l'Orient dans le pays latin.
Votre muse chrétienne et musulmane et grecque,
Et même catholique une fois en passant,
Aux tombeaux des Césars, du Christ, de la Mecque,
Pouvait offrir de loin un romantique accent,
Et sans cacher son front au sein de la tempête,
Saluer tous les vents comme la girouette.
Ici, Châteaubriand, je respecte ta foi,
Et ma comparaison ne va pas jusqu'à toi.
A tout chagrin cuisant si ton cœur s'intéresse,
S'il péche par pitié, généreuse faiblesse !
Si tu fus trop sensible à certaine douleur,
C'est que ton cœur est né courtisan du malheur.
Mais ta philanthropie a mérité le blâme
D'avoir feint de priser un corps autant qu'une âme,
Lorsque ce corps infect, hideux d'impiété,
Par l'athéisme encor semblait être habité.
La médiocrité n'est pas un point de mire :
On veut suivre le vol de l'aigle qu'on admire ;
Quand l'exemple est sublime, il offre plus d'appas.
On écrase l'insecte, on ne l'imite pas.
Si dans l'obscurité la faute est moins blâmable,
Plus le génie est grand, plus il est responsable :
Au faible chancelant il doit un ferme appui ;
Car, s'il tombe, le Ciel pourra s'en prendre à lui.
   Vous, que par la pensée autant que l'harmonie
Plus qu'à la hauteur d'homme élève le génie ;
Qui, comblés des bienfaits de la Divinité,
Devriez rendre au ciel ce qu'il vous a prêté ;
Vous pourriez concourir au bonheur de la France,
Et sur l'ordre moral fonder une puissance.

Remporter sur son siècle un triomphe éclatant,
Cette gloire vaut bien qu'on y pense un instant.
Suspendre, détourner un terrible anathème
Qui paraît menacer Babylone elle-même ;
Conjurer des malheurs qu'un horrible fléau
A la cité superbe a prédit assez haut ,
Cette gloire si pure et si digne d'envie ,
Qui pourrait couronner la plus plus illustre vie ,
Qui saura l'acquérir sans ce souffle divin
Pour qui seul il n'est pas d'inflexible destin ?
Que peut contre l'enfer une puissance vaine
Qui n'a pour s'étayer que la faiblesse humaine ?
Parmi les grands savants , qui nous indiquera
Quel messager infect porte le choléra ?
S'il s'exhale du sol ou si l'air le condense ,
Comment il naît, se perd , s'interrompt, recommence ;
Si la vapeur s'en charge ou le courant de l'eau ;
S'il vient en diligence ou s'il vogue en bateau ?
Le spiritualiste est-il donc plus habile ,
Lui qui ne peut montrer de sa sphère subtile
Comment avec le corps l'âme aussi doit souffrir ,
Pourquoi l'une immortelle et l'autre doit mourir ?
Depuis les six mille ans que le ciel nous endure ,
Quel secret l'homme a-t-il surpris à la nature ?
Lorsque son Créateur se plaît à l'éclairer,
C'est pour qu'il puisse mieux l'aimer et l'adorer;
S'il lui plut dans un temps d'inspirer des prophètes ,
Dans un autre il peut bien susciter des poëtes.

Pour sauver le pays de crimes inondé ,
Refouler dans son lit un fleuve débordé ,
Il faudrait de nos jours plus que de l'éloquence :
Que faut-il, direz-vous ? Croire à la Providence.
Il faut la foi qui fait jaillir l'eau du rocher,
Des vices sur les flots hardiment peut marcher ;

Qu'un délégué d'en haut, plein de force et de zèle,
S'avance, foudre en main, vers ce peuple infidèle,
Qui, depuis cinquante ans, sans principe et sans lois,
Brise le joug divin et le sceptre des rois.

CONCLUSION.

Ce n'est point à Carrel qu'on vote un cénotaphe,
Ni pour lui que l'on veut graver une épitaphe.
Cet autel en trophée, érigé par Satan,
Est-ce pour exercer le culte de Mathan?
   En proie à la terreur, toi qu'on voudrait surprendre,
Ton urne vide encor n'attend plus que ta cendre.
L'hypocrite Châtel, pour s'approcher de toi,
A préludé naguère à ton propre convoi.
   Vous, potentats du Nord, dont le vieux mécanisme
S'use dans un conflit de peur et d'égoïsme;
Qui, dans l'abaissement d'un indigne repos,
Ne protégez pas plus l'exil que don Carlos;
Dont l'un croit acquitter sa dette de famille
Par l'écrin où l'orgueil plus que l'intérêt brille,
Cœur aussi dur, plus froid que tes vains diamants;
Bagues sans alliance, anneaux sans talismans,
Vous ne pouvez couvrir de parure importune
La honte d'expulser une auguste infortune.
Notre espoir trop longtemps attendit, pardonna;
Je ne sais plus choisir entre vous et Mina.
   Illustre Capréra, ta glorieuse vie
Jusqu'au sein maternel lâchement poursuivie;
Vous, stylets acérés, et vous, sanglants poignards,
Nuit et jour égorgeant femmes, enfants, vieillards;
Noble et fidèle sang inondant Barcelonne,
Sans que le pouvoir veille au salut de personne;

Temps affreux, qui laissez les nations sans lois,
Les rames sans forçats, les bourreaux sans emplois;
Ou plutôt qui chargez de cet office atroce
Le barbare soldat ou le peuple féroce;
Révoltes, qui passez des cités jusqu'au camp;
Emeutes, qui courez en laves de volcan;
Espagne infortunée, où la guerre civile,
Sous son drapeau sanglant vole de ville en ville :
A qui donc imputer ces horribles fléaux,
Ces désordres sans terme, et ces torrents de maux?

    Monarques, c'est à vous dont l'aveugle indolence
Assiste à ce spectacle avec indifférence;
Si le droit légitime en vous a peu d'amis,
Promenez vos regards sur vos peuples soumis.
Abandonnerez-vous, dans des périls extrêmes,
Leur famille fidèle en dépit de vous-mêmes?
Tous ces bons Allemands, tout ce peuple germain,
A vos prédécesseurs ont mis le sceptre en main;
Ils les ont fait Césars sous les aigles romaines :
Ce nom vous déplaît-il? Préférez-vous des chaînes?
Croyez-vous, parce que sous vos timides pas
Les gouffres sont muets, le sol ne tremble pas,
Qu'un nuage lointain, précurseur des tempêtes,
N'oserait menacer vos états et vos têtes?
S'il porte dans ses flancs un choléra moral,
Quel cordon sanitaire arrêtera le mal?
Si par l'appât de l'or l'adroite propagande
Corrompt votre douane ou passe en contrebande,
Contre les prompts effets de ce poison actif
Où pourrez-vous trouver un seul préservatif?

    Honneur à Charles V, le roi modèle à prendre !
Sa cause était la vôtre : il fallait la défendre.
Le principe qu'ailleurs on combat vaillamment,
On ne l'introduit plus chez nous impunément.

Déplorables jouets d'une diplomatie
Qui n'ose plus former que des vœux d'inertie,
Jusqu'à ce qu'un parti fougueux et colossal,
Traite un prince en esclave et son peuple en vassal ;
S'il n'est plus de Brutus ni de Caton d'Utique
Pour fonder une austère et probe république,
Il se trouvera bien quelque Catilina ,
Fort peu de Cicérons et plus d'un Jugurtha.
Mais soit sainte ou quadruple, une alliance royale
Aurait bientôt reçu la mort de sa rivale.
De tous ces souverains si servilement plats ,
A peine excepte-t-on Guillaume et Nicolas ! ! !...

Ce 19 septembre 1836.

DE L.....

Poitiers. — Imp. de F.-A. SAURIN.

www.ingramcontent.com/pod-product-compliance
Lightning Source LLC
Chambersburg PA
CBHW060905180626
46818CB00004B/1834